Le Noël d'Yselia

Le Noël d'Yselia

Manon Pouchard

Édition : BoD - Books on Demand, info@bod.fr
Impression : BoD – Books on Demand,
In de Tarpen 42, Norderstedt (Allemagne)
Impression à la demande

ISBN : 978-2-3225-0416-9
Dépôt légal : Septembre 2023

À ma famille, mes amis, mes lecteurs.

À tous ceux que Noël continue de faire rêver.

À ma plus jeune sœur, Élysa,
pour qui j'ai décidé d'écrire cette histoire fin 2016,
et pour qui j'ai décidé de la reprendre aujourd'hui.

Et à l'une des plus merveilleuses personnes que je connaisse,
celle qui m'accompagne depuis toujours,
ma petite sœur Alyssa.

Prologue

Il était une fois, en plein milieu d'une vallée enneigée, une immense maison. Elle était ornée de décorations merveilleuses qui brillaient de mille feux : de longues guirlandes cascadaient des murs de bois, des sculptures en forme de lutins, de père Noël et de traîneau clignotaient au pied de la demeure, donnant l'illusion d'une valse gracieuse. Une large couche de neige couvrait le toit, et une haute cheminée de briques expirait sans discontinuer d'épaisses volutes de fumée blanche. La vallée, dont chaque flocon reflétait le soleil, était illuminée de couleurs qui insufflaient à cet endroit un véritable vent de chaleur, et les sapins alentour s'étaient revêtus de leur parure hiémale : un manteau de neige étincelant et des chapelets de sucres d'orge. La brise murmurait un chant de Noël, la maison elle-même semblait sourire et profiter des joies des fêtes.

Ce lieu fabuleux se trouvait au beau milieu du Pôle Nord et était habité par des milliers de petits elfes. Il ne s'agissait pas d'une simple maison ni même d'une villa, mais bel et bien du merveilleux atelier du père Noël. Cette capitale du bonheur rayonnait aux couleurs de Noël et débordait d'amour.

Tous les ans, le père Noël quittait ce paradis et s'envolait distribuer ses innombrables paquets enrubannés. Or, un jour, tout faillit s'écrouler, et la plus belle fête du monde ne reposa plus que sur les frêles épaules d'une jeune elfe rêveuse…

Chapitre 1

Ce matin du premier décembre sonnait l'Avent, moment crucial pour les elfes du pays de Noël. Dès huit heures, ils s'activaient à la fabrique de jouets : il fallait finir les préparatifs pour cette merveilleuse fête dans les temps ! Toute l'année, l'endroit était rempli d'elfes joyeux qui élaboraient le plus bel évènement qui existe.

Tous habillés de bonnets rouges et blancs terminés par un grelot (desquels dépassaient leurs oreilles pointues), de manteaux vermeils aux manches bordées d'une bande de fourrure immaculée, de pantalons verts et de bottes brunes, ils cohabitaient par milliers dans l'immense demeure du père Noël. Chacun possédait un talent fabuleux.

Ainsi, les plus habiles travaillaient à l'atelier des petits mécanismes où leurs doigts de fée créaient d'ingénieux moteurs pour les voitures télécommandées ou les trains de marchandises. D'autres, presque tout aussi à l'aise, constituaient la majorité des lutins ; ils fabriquaient tous les jouets. Chacun pouvait proposer de nouveaux jeux au père Noël, et les elfes les plus inventifs brillaient parmi leurs amis qui les aidaient à mettre au point ces objets qui requéraient beaucoup de minutie. D'autres encore préféraient œuvrer aux cuisines ou confectionner les costumes des lutins.

Seule une minorité ne comptait pas parmi ces catégories, dès lors trois voies s'ouvraient à eux : les plus agiles et téméraires intégraient l'équipe des cheminelfes. Ils accompagnaient le père Noël au cours de ses tournées et remplissaient les chaussettes pendues aux cheminées. Les plus méthodiques et sérieux devenaient secrételfes pour épauler le père Noël dans l'organisation des festivités et des listes d'enfants. Enfin, les autres rejoignaient les technicelfes de surface ; ils nettoyaient les locaux pour leurs amis, incapables d'assurer une tâche différente.

Il n'existait pas de hiérarchie entre les lutins qui s'aimaient tous beaucoup et s'entraidaient autant que possible. Tous se réjouissaient d'œuvrer pour quelqu'un d'aussi généreux que le père Noël, leur activité les enchantait.

Néanmoins, parmi ces elfes, il s'en trouvait une malheureuse, qui enviait ses compagnons : Yselia, technicelfe de surface du fait de sa singulière maladresse, rêvait d'intégrer les cheminelfes.

En vérité, le premier jour de chaque elfe se passait à l'atelier, mais Yselia y avait semé une telle pagaille qu'on lui avait interdit d'y travailler. Depuis, elle était affectée au nettoyage d'une vingtaine de chambres, et une fois par semaine, elle s'occupait du poste du père Noël, pièce immense dans laquelle étaient déroulées les interminables listes d'enfants gentils et méchants ainsi que des montagnes de documents qu'Yselia n'avait jamais feuilletés – ils ne l'intéressaient pas.

Yselia admirait les cheminelfes et aspirait à se joindre à eux, mais jamais sa maladresse ne l'autoriserait à accompagner le traîneau du père Noël, de sorte qu'elle les regardait et s'imaginait à leur place, rêvassant pendant des heures d'une vie alternative où son vœu se réaliserait.

Les lutins quittaient leur dortoir pour travailler à huit heures, alors qu'Yselia ne commençait que deux heures plus tard, seul avantage qu'accordait à la petite elfe cette tâche, parce qu'au lieu de profiter d'une grasse matinée, elle se levait aux aurores pour observer la formation des cheminelfes au fond de la fabrique, dans une salle où tous les dix – car ils étaient dix – s'entraînaient chaque jour pour ne commettre aucun impair au moment de descendre dans les cheminées. Cachée dans la loge où les technicelfes de surface rangeaient les produits ménagers et dont une vitre donnait sur le gymnase en contrebas, Yselia répétait avec assiduité et enthousiasme les exercices que les elfes effectuaient. Sa curiosité naturelle la poussait à revenir sans cesse et elle éprouvait le sentiment que ses espoirs se concrétiseraient : à force d'acharnement, elle était devenue agile. Toutefois, sa gaucherie demeurait bien pénible puisqu'Yselia enchaînait les catastrophes, si bien que le père Noël refusait de la désigner chaque fois qu'un cheminelfe démissionnait.

Yselia terminait ses tâches en milieu d'après-midi et aimait ensuite s'amuser avec ses deux meilleurs amis, des elfes qui œuvraient à l'atelier : Qanik, un garçon à l'imagination débordante et qui avait inventé la plupart des nouveaux jouets de cette année, et Avanneq, surnommée Ava, une fille capable d'assembler tout mécanisme plus vite que n'importe qui. Ils travaillaient ensemble avec une efficacité redoutable. Ils chérissaient leur métier et ne comprenaient pas qu'Yselia puisse ne pas apprécier le sien.

« Tu sais, être une technicelfe de surface, ce n'est pas si ennuyeux que ça, affirmait Qanik.

— Qu'est-ce que tu vois d'amusant dans le fait de laver des chambres, toi ? » rétorquait Yselia.

Et il ignorait quoi répondre. Alors elle soupirait en levant les yeux au ciel. Pour autant, elle adorait ses camarades, et tous les jours, ils jouaient ensemble dans la vallée à construire des bonshommes de neige, des igloos, à se défier au cours de batailles de boules de neige, ou bien à cueillir de jolis bouquets de fleurs nivéales. Dans ces moments, quand elle riait avec ses amis, Yselia se sentait sincèrement heureuse.

Les batailles de neige, c'était ce qu'ils préféraient. Ils s'amusaient tous les trois et, parfois, d'autres se joignaient à la joyeuse petite bande. Un jour, ils avaient participé à une véritable guerre contre une centaine de camarades, et tout le monde avait fini frigorifié !

Tous les soirs, au terme de ces après-midis bien remplis, les lutins rentraient et se retrouvaient dans une vaste salle au haut plafond orné de peintures de flocons, de sapins, et d'autres éléments qui rappelaient Noël. Autour de tables de bois démesurées garnies de mets succulents, ils prenaient un dîner devenu pour eux à la fois festif et ordinaire. Ce cadre enchanteur ravissait les elfes qui décoraient systématiquement tout. En décembre comme en juin, une ambiance festive nimbait la vallée de son halo coloré !

Les lutins se régalaient de dinde accompagnée de délices dignes des festins traditionnels de cette douce période. Là, ils discutaient de leurs tâches, des célébrations et de l'avancement de leurs préparatifs. Yselia préférait les histoires des cheminelfes qui détaillaient leurs entraînements et leurs exploits, même si elle ne rechignait jamais à écouter ses amis lui décrire les jouets qu'ils fabriquaient.

Ce matin-là donc, tout s'avérait paisible ; même le blizzard qui soufflait la veille s'était apaisé. Dans un ciel céruléen, un soleil prodigue réchauffait la vallée – dont la température cependant n'excédait pas moins dix degrés. En bref, il s'agissait d'une belle et chaude journée, idéale pour profiter de l'extérieur. Qanik, Avanneq et Yselia décidèrent de se retrouver dans l'après-midi, chacun avec sa luge.

Pour lors, tandis que ses amis s'affairaient déjà pour préparer Noël, Yselia suivait avec attention l'entraînement des cheminelfes. Un regard à gauche, un regard à droite, attention un enfant ! Les lutins attrapaient le sachet de poudre de sucre d'orge à leur ceinture et en lançaient sur le petit mannequin ; Yselia lançait une poignée de poussière sur un balai.

La poudre de sucre d'orge était succulente dans les gâteaux des lutins, mais la nuit de Noël, elle acquérait un bien étrange pouvoir : elle endormait qui en inhalait et laissait l'impression que les derniers évènements avaient été rêvés. De cette façon, quand des enfants attendaient le père Noël devant le sapin, les cheminelfes s'en chargeaient ; le lendemain, les petits croiraient à un rêve et ne garderaient qu'un souvenir flou des elfes, accompagné d'une agréable sensation de bonheur.

Yselia sortit de son placard vers dix heures, toujours un peu déçue de rater l'entraînement de l'après-midi, celui où les cheminelfes montaient sur le traîneau du père Noël et descendaient dans des cheminées factices.

Elle rejoignit une haute porte de bois. Sur l'écriteau en forme de renne figurait l'inscription « salle des technicelfes de surface ». Elle entra, quittant le couloir décoré de guirlandes vert et rouge, et pénétra dans une pièce tout aussi joliment parée. Au centre de la salle trônait une table circulaire bordée d'une demi-douzaine de chaises. Toutes les dix minutes, un petit groupe d'elfes venait chercher de quoi laver les chambres, les cuisines, les ateliers, etc. La fabrique totalisait plus de deux cents lutins technicelfes de surface.

Yselia prit place aux côtés d'Imaq, un elfe qu'elle connaissait depuis son arrivée parmi les technicelfes de surface puisqu'ils étaient toujours affectés aux mêmes endroits : les chambres. Imaq s'avérait lui aussi très maladroit et, par-dessus tout, tête en l'air. Lui aimait sa tâche, car il disposait de beaucoup de temps pour jouer avec ses amis et discuter avec Yselia.

« J'ai bien cru que tu arriverais en retard, remarqua le lutin, l'œil malicieux.

— Je te rappelle quand même que quand nous avons été transférés au groupe de dix heures, tu arrivais chaque jour à neuf heures parce que tu oubliais que ce n'était plus ton groupe.

— Ça n'a duré qu'un mois, se renfrogna-t-il.

— C'est déjà beaucoup... »

Le chef des technicelfes, Asaavoq, était un vieux lutin à la barbe blanche que tous s'amusaient à surnommer « père Noël ». Son affabilité le rendait sympathique et il tenait ses équipes d'une main de fer. Les elfes se turent à son entrée, il s'assit et annonça qu'un cheminelfe avait rejoint les cuisines, ce qui signifiait qu'il avait changé de chambre et que les groupes de dix heures en assureraient le ménage — ceux de huit heures lavaient les larges chambres qu'occupaient les cheminelfes, auxquelles Yselia n'avait jamais pu accéder.

Les yeux d'Yselia s'illuminèrent : un cheminelfe ! Avec un peu de chance, elle le croiserait et pourrait lui parler ! Il fallait qu'on l'affecte à cette chambre ! Elle se porta volontaire, et son visage exprimait un tel enthousiasme qu'elle fut désignée, pour son plus grand bonheur. Elle trépignait d'impatience à l'idée d'accomplir ses tâches, pour une fois !

Imaq la toisa d'un œil torve, la mine perplexe face à la joie débordante qui envahissait Yselia.

« Tu sais que ce n'est pas pour discuter avec lui que tu as été choisie ?

« — Tu sais que je m'en fiche ? » rétorqua-t-elle en lui tirant la langue.

Les deux attrapèrent un chariot, et tout le groupe de dix heures quitta la salle pour celui de dix heures dix, qui se chargeait d'une autre partie des dortoirs. De cette façon, toute la matinée on assistait à un véritable ballet de lutins qui entraient puis peu après sortaient avec leur matériel.

Décidée à garder le meilleur pour la fin, Yselia nettoya chambre après chambre, impatiente d'atteindre enfin celle de l'ancien cheminelfe. Elle se rêvait déjà à sa place, mais il serait remplacé sur le traîneau par quelqu'un d'expérimenté : le père Noël élisait dix cheminelfes, dont cinq l'accompagnaient au cours de la nuit fatidique. Ceux qui abandonnaient cette mission étaient les plus chevronnés, ceux qui choisissaient de découvrir d'autres activités – car être cheminelfe demeurait épuisant au quotidien, du fait des entraînements qui provoquaient parfois des blessures. Le soir de Noël, lors de la fête pour la fin des préparatifs, le père Noël désignait un nouvel apprenti cheminelfe parmi les plus jeunes lutins, ceux dont la tâche n'était pas encore définie.

On nommait très rarement un nouveau cheminelfe parmi ceux qui travaillaient déjà – et encore moins parmi les technicelfes de surface ! –, pourtant Yselia brûlait de devenir ce héros, ne serait-ce que pour une nuit…

Elle poussa la porte de bois de la dernière chambre et s'y engouffra. Il s'agissait d'une pièce agréable que le feu qui crépitait dans l'âtre avait rendue presque trop douce. Yselia entra, timide, alors qu'un frisson d'excitation courait le long de sa colonne vertébrale. Un bonheur grisant s'empara de son être, son cœur palpita de façon furieuse dans sa cage thoracique.

Le lit était fait et tout avait été laissé en parfait état, bien rangé, aussi la petite elfe apprécia-t-elle aussitôt l'ancien cheminelfe qui lui épargnait l'essentiel de son travail. Sur la table de chevet se trouvait dans un cadre d'argent ciselé une photo de lui serrant la main du père Noël le soir de sa nomination parmi les cheminelfes. Elle supposa que le lutin était encore jeune, car sur l'image figurait la date de sa nomination, un peu moins de quatre-vingts ans plus tôt. Il dégageait une telle prestance, un tel charisme, qu'elle en fut éblouie. Elle s'imaginait, elle aussi, sur l'estrade de bois, aux côtés du père Noël qui lui tendrait la main en lui adressant un grand sourire.

Elle ne s'éternisa pas dans la chambre de ce héros, la quitta en même temps que ses rêveries, et s'en retourna dans la vallée jouer avec ses amis. En chemin, elle longea la garderie où vivaient les elfes de moins de deux cent cinquante ans. Ils aimaient beaucoup s'amuser avec elle et ses camarades, mais leurs surveillants, vigilants à l'excès, ne les laissaient que peu sortir.

Yselia retrouva Qanik et Ava devant l'entrée de l'atelier, porte monumentale que pouvaient franchir des dizaines de lutins à la fois. Ses amis tenaient sous le bras trois luges rouges en plastique. Ils grimpèrent sur les collines de la vallée avec peine du fait de toute la neige qui les empêchait de marcher et de la glace sur laquelle ils trébuchaient, mais ils riaient tant lorsqu'ils tombaient que cela importait peu.

Parvenue au sommet en premier, Yselia admira le linceul immaculé qui couvrait les environs, et elle ferma les paupières quand le vent mugit en menaçant d'emporter son bonnet. Qanik et Ava la rattrapèrent en quelques enjambées après une chamaillerie qui les avait retardés.

Ils glissèrent ensemble des heures durant, jusqu'à ce que le soleil décline et que le crépuscule enlumine l'horizon d'un magenta safrané. Toujours aussi maladroite, Yselia tombait souvent, mais elle pouvait compter sur Qanik et Avanneq pour lui tendre une main amicale et lui offrir leur plus beau et sincère sourire.

« On devrait remettre ça à demain ! se réjouit Ava.

— Ce serait super ! » affirmèrent Qanik et Yselia en chœur.

Ils rentrèrent en même temps que d'autres elfes qui jouaient dans les environs. La vallée enneigée demeurait en effet le terrain de jeu favori des elfes, quoique certains préfèrent la bibliothèque de la fabrique ou les films de Noël. Tous se saluèrent et se rendirent à la grande salle ensemble. On y servait le dîner, et il s'y déroulait aussi la cérémonie du Réveillon. Chaque année, les technicelfes de surface étaient affectés à la décoration de cette salle, et chaque année, de peur qu'ils ne ravagent tout, les lutins demandaient à Yselia et Imaq de se tenir à l'écart. Ils ne s'en plaignaient pas puisqu'ils étaient alors désignés contrôleurs : ils surveillaient l'installation des guirlandes et donnaient leur avis sur l'harmonie des formes, des couleurs, etc.

Pendant le dîner, Yselia avait espéré découvrir l'identité de l'elfe qui venait d'intégrer les cuisines, mais elle ne le trouva pas. En dépit de sa déception, elle se convainquit que tôt ou tard, ils se rencontreraient. Les cuisiniers mangeaient plus tard afin de servir les elfes, pas étonnant, donc, de ne pas les voir attablés.

Après quelques gâteaux et un verre de lait, la journée d'Yselia s'achevait. Elle resta encore un peu pour profiter des blagues de Qanik qui imitait à la perfection le père Noël et amusait chaque soir au dessert les lutins autour d'eux à clamer de joyeux « oh oh oh » et à passer son bol de chocolat chaud vide sous son pull pour mimer un ventre rebondi.

Lorsqu'elle rentra dans sa chambre, Yselia alluma sa lampe, un gros flocon qui semblait flotter au plafond. Elle s'installa sur son lit de bois aux draps colorés de motifs rouges, blancs et verts, puis se tourna vers la fenêtre, se rappelant avec nostalgie son arrivée parmi les elfes adultes. Elle débordait d'enthousiasme ; toute son enfance, elle avait rêvé de ce jour, pensant qu'elle rejoindrait les cheminelfes. Quelle erreur…

Une étoile brillait plus que les autres ce soir-là, et Yselia se souvint qu'Imaq appelait cet astre « la lumière aux vœux ». Elle sourit à cette idée ingénue, mais soudain quelque chose en elle cria que de toute façon, elle ne perdrait rien à essayer. L'espoir que répandait cette conviction lui réchauffait le cœur —

tant qu'elle garderait espoir, il lui resterait une chance de réaliser son souhait.

« Je t'en prie, murmura-t-elle à l'étoile, fais-moi cheminelfe. »

Chapitre 2

Yselia poursuivit ainsi son quotidien et trépignait chaque jour à l'idée de nettoyer la chambre d'un ancien cheminelfe : en plus de soixante ans de carrière, elle n'en avait jamais lavé une seule, et bien que ça ne représente pas grand-chose, cela suffisait à lui redonner le sourire.

La veille de Noël approchait à grands pas. Yselia, débordante d'énergie, s'entraînait avec plus d'ardeur qu'à l'accoutumée et reproduisait toujours plus fidèlement les exercices de ses camarades cheminelfes. « Un, deux, trois, quatre ! Et un, deux, trois, quatre ! » et puis « gauche, droite, un enfant ! », et hop, de la poussière !

Elle devenait douée ! Or, isolée dans son placard, cachée, Yselia comprit qu'elle ne rejoindrait pas les cheminelfes ; elle devait montrer ses compétences au père Noël ! Sitôt décidée, l'elfe s'élança dans les couloirs, saluant au passage ses compagnons, les technicelfes de surface des précédentes tranches horaires.

« Père Noël », lut-elle sur la plus belle et la plus imposante porte de l'atelier.

Elle prit une profonde inspiration, se répétant que tenter ne lui coûtait rien mais pouvait lui rapporter gros.

« Courage, Yselia. »

Alors elle frappa ; une voix l'invita à entrer. Elle obéit sans attendre et fut reçue par une des secrételfes de la fabrique, Allatalik, qui s'affairait derrière une montagne de paperasse, cachée par une infranchissable pile de feuilles. Yselia ne la reconnut que lorsqu'elle pointa le bout de ses oreilles devant elle, ne l'ayant pas souvent rencontrée.

« Bonjour Yselia, la salua-t-elle, que veux-tu ?

— J'ai besoin de parler au père Noël.

— À quel sujet ?

Je veux être cheminelfe.

— Toi ? s'étonna Allatalik. En es-tu vraiment sûre ?

— Oui, pourquoi pas ?

— C'est que… tu es trop maladroite, ce serait dangereux pour toi. »

Et même après lui avoir démontré tout son enthousiasme, Allatalik refusa de la laisser passer. Le père Noël était trop occupé et ne devait pas être dérangé.

« Et pourtant, soupira-t-elle en partant, je sais que je pourrais y arriver… si seulement on me laissait ma chance. »

Elle referma la porte et s'y adossa, les larmes aux yeux. Les lutins souriaient toujours, ils ne pleuraient presque jamais, aussi quand Imaq passa par là par hasard et qu'il la vit sangloter, il se sentit lui-même bouleversé et demanda à son amie ce qui lui arrivait.

Elle ne lui répondit pas, trop affligée pour lever le visage vers lui. Elle n'avait même pas pu parler à celui avec qui elle avait souhaité s'entretenir, quel cuisant échec !

Les deux elfes se rendirent ensemble dans la salle des technicelfes de surface et chacun partit avec son chariot. Lorsque laver les chambres lui eut fait oublier ses idées noires, Yselia se consola en songeant qu'elle avait toute la vie devant elle pour prouver aux autres qu'ils se trompaient et que sa maladresse désormais dérisoire ne l'empêcherait pas de devenir, tôt ou tard, un cheminelfe à part entière. Malgré les années que cela demanderait, elle persévèrerait, et elle savait que son entêtement finirait par payer.

Dans le dortoir de l'ancien cheminelfe, elle trouva, cachés dans un tiroir, plusieurs sachets de poudre de sucre d'orge, et saliva en imaginant les délicieux gâteaux qui seraient réalisés par les cuisiniers de la fabrique, miam !

Son sourire lui revint quand elle lança sa première boule de neige sur Avanneq qui ne l'avait pas vue venir. La petite elfe protesta en riant et contre-attaqua. Malheureusement, la partie ne dura pas très longtemps, car ce soir Avanneq devait aider à assembler les derniers jouets. Il ne lui en restait qu'un millier, elle serait tout à fait apte à s'en charger plus tard, mais d'autres avaient accumulé plus de retard qu'elle, si bien qu'elle comptait leur apporter un coup de main. Sa rapidité légendaire représentait un précieux appui dans ces moments.

Les jours suivants, la poudre de sucre d'orge n'avait pas bougé des tiroirs et les sachets s'entassaient sans qu'Yselia comprenne pourquoi. Elle avait voulu en parler aux lutins des cuisines, mais elle avait oublié, et quand elle y repensait, elle se disait que ça importait peu : quelqu'un s'en apercevrait tôt ou tard. Une autre fois, elle découvrit des moules à gâteau en forme de flocon de neige dans une commode, ce qui lui parut bien étrange car si les cuisiniers aguerris savaient préparer des biscuits pareils, les mitrons en demeuraient bien incapables : démouler les pâtisseries se révélait complexe à cause de la finesse des traits du flocon, et ils finissaient toujours en mille morceaux. D'ailleurs, même les meilleurs pâtissiers évitaient ces moules, préférant des formes plus simples tels que les traditionnels sapins dont tous se régalaient souvent au dîner. Enfin, quelques jours avant le Réveillon, tout avait disparu, il ne subsistait plus un grain de poudre de sucre d'orge.

La veille de Noël arriva très vite et après avoir terminé son service, Yselia se rendit à l'atelier de montage n°10, le seul de la fabrique encore ouvert le vingt-quatre décembre. Ce jour-là, tous les autres fermaient puisqu'il ne restait que quelques jouets à finir, et pour fêter dignement Noël, tous les lutins étaient invités, après leurs tâches, à profiter du spectacle de la création des derniers jeux. C'était la première fois qu'Avanneq était élue pour se joindre aux ultimes petites mains actives, un grand honneur ! Elle avait fait promettre à Yselia et Qanik de venir la voir, et tous les deux se trouvaient là à la regarder se presser de construire les jouets. Elle était la plus rapide !

L'atelier était grandiose : la pièce, immense, semblait infinie, et des rangées de machines aussi belles et magiques les unes que les autres s'y étendaient. Parmi elles, Qanik montra à Yselia le torsadeur de rubans pour les paquets cadeaux, l'emballeur de boîtes, et plus loin, la chaîne de production de poupées avec le maquilleur de visage, l'appareil à coiffures, le stylisateur de mode, etc. Du fait de sa maladresse, Yselia n'était autorisée à entrer qu'une fois par an, et chaque année elle trouvait cet endroit plus féérique que l'année précédente. Il était décoré du sol au plafond, d'où pendaient de superbes ornements. Tous les engins s'étaient parés des couleurs les plus festives, et même les tables sur lesquelles les elfes œuvraient étaient garnies de bibelots qu'ils avaient construits eux-mêmes lors de leur arrivée à la fabrique.

Accoudée à une balustrade de bois entourée de guirlandes vert et rouge, Yselia observait en contrebas l'effervescence des derniers lutins présents et regardait Avanneq, assise à un bureau de travail, coudre de ses mains habiles des robes inédites pour les poupées, bien plus belles que celles du stylisateur de mode. Il s'agirait d'habits rares et recherchés par les petites filles. Plus loin, d'autres elfes assemblaient un train en plastique : à cause de la minutie de ce travail, les machines ne pouvaient pas remplacer les mains. Les lutins les plus adroits ayant achevé les moteurs un peu avant la fin de la confection des jouets, ils allaient réparer certains appareils, et Yselia admirait leur savoir-faire.

Ce fut Avanneq qui se chargea du dernier jouet, juste avant le dîner. Lorsqu'elle termina les finitions de sa robe – avec les conseils avisés de Qanik qui l'avait dessinée lui-même la veille –, elle leva les yeux et se rendit compte qu'il ne restait qu'elle. À cet instant, Qanik applaudit, puis Yselia, et tous leurs camarades se joignirent à eux avec des cris de joie. Les préparatifs étaient achevés, enfin !

Yselia était si fière de son amie qui recevait tant d'acclamations ! Elle se réjouissait pour elle. Ava avait finalisé le dernier jouet, quel honneur ! On lui accorderait donc le privilège de créer le premier, au matin du vingt-cinq décembre, celui qui célèbrerait le renouveau et le début d'une autre année de travail. Tous les elfes se précipitèrent dans l'atelier pour féliciter en personne Avanneq qui les remerciait en retour, le cœur brûlant d'allégresse. De loin, elle adressa à ses deux amis un sublime sourire, reconnaissante qu'ils soient venus. De toute façon, Yselia ne manquait jamais cet évènement et la possibilité d'observer la fabrique de jouets, là où la magie prenait vie.

Pour lors cependant, Yselia devait s'éclipser ; il lui fallait se rendre à la salle du dîner pour la transformer en salle des fêtes – ou du moins surveiller ceux qui la transformaient en salle des fêtes.

Elle assista à un défilé de parures et d'ornements : un sapin immense – sans aucun doute le plus haut de la vallée enneigée –, des guirlandes multicolores, des lumières, des bougies, des figurines de terre cuite, des boules de verre pailletées, de fausses pommes de plastique, des rubans, etc. Un décor de rêve se matérialisait sous ses yeux. La scène fut dressée à la hâte et, après avoir retiré les tables, les technicelfes de surface installèrent les chaises face à l'estrade. Chacune étant soit verte soit rouge, ils les disposaient de sorte que rangées et colonnes forment un damier aux teintes de Noël. Quand tout fut prêt, on ouvrit les portes aux lutins qui attendaient de découvrir ce magnifique lieu de Réveillon. Comme chaque année, il ne déçut personne, et Avanneq et Qanik retrouvèrent bien vite leur amie pour la féliciter de son goût en matière de décoration. Yselia les sentait sincères, mais elle ne pouvait pas s'empêcher de penser qu'ils la surestimaient un peu.

Comme le voulait la tradition, les technicelfes de surface se rendirent sur scène, une équipe après l'autre, et furent tous chaleureusement applaudis. Yselia ne put retenir un sourire qui grimpait jusqu'à ses oreilles pointues : voilà comment était récompensée une année de tâches accomplies avec succès. Cela valait beaucoup plus que tous les biens matériels du monde, bien plus que tous les jouets qu'ils pouvaient fabriquer. C'était un de ces rares jours où elle se sentait fière d'être devenue ce qu'elle était, car les technicelfes de surface montaient toujours en premier sur les planches qu'ils assemblaient. Après eux, les secrételfes furent acclamés, puis vint le tour de ceux qui construisaient les jouets, les elfes des cuisines et, enfin, l'homme tant attendu foula l'estrade de ses bottes : le père Noël. Il était superbe, vêtu de ses habits rouges et blancs. Il sourit à tous les lutins en les remerciant des efforts fournis cette année encore pour faire de cette fête la plus belle au monde et affirma qu'il ne serait rien sans eux. Il leur exprima sa gratitude encore une fois et fut applaudi par tous ses minuscules amis.

Tout à coup, les projecteurs ciblèrent le même point au sommet de la scène. Le cœur d'Yselia s'emballa : les cheminelfes arrivaient ! En effet, au terme de quelques secondes qui lui parurent beaucoup trop longues, Yselia s'extasia du saut grandiose de neuf cheminelfes qui atterrirent aux côtés du père Noël qui les félicita un à un à voix basse tandis que tous les lutins les ovationnaient : cette fête ne serait rien sans chaque elfe présent dans la salle, pourtant ils admiraient ceux qui pouvaient sortir de la vallée enneigée à bord du traîneau en compagnie du père Noël.

Tous quittèrent la scène et un spectacle commença : chaque année, des elfes venaient présenter un talent particulier à leurs amis. Chants de Noël, danses, théâtre, tous adoraient célébrer le Réveillon et en profitaient toujours le plus possible ! Yselia devait patienter jusqu'à la fin de la représentation pour découvrir quels cheminelfes accompagneraient le père Noël et, seulement après cette annonce, elle saurait qui remplacerait le cheminelfe manquant. Elle savait d'avance que ce ne serait pas elle.

Les cuisiniers apportèrent ce qui constituait le repas du Réveillon : un petit biscuit et un verre de lait, comme le père Noël en avalerait tant cette nuit. Des murmures d'étonnement se mêlaient à ceux de joie, et Yselia comprit ce qui les justifiait quand elle vit des gâteaux en forme de flocons. Les lutins des cuisines avaient vraiment tout tenté pour réussir ce

Noël, ses amis et elle étaient charmés par cet effort inattendu, et tous ces brillants pâtissiers furent récompensés par un concert d'éloges venant de toute la salle. Ravis, ils admirent qu'ils avaient pris la décision après la suggestion de l'un d'eux, qui adorait la neige et qui s'était entraîné sans relâche pour maîtriser cette forme si complexe – il les avait beaucoup aidés !

Yselia reçut son gâteau. Elle l'examina et le trouva bien joli, décoré d'un glaçage blanc et de paillettes alimentaires d'un bleu lumineux. Le père Noël, retourné sur l'estrade, en obtint un et félicita les elfes des cuisines pour leur beau travail. Comme il était de coutume dans la fabrique lors du Réveillon, le père Noël croqua dans son biscuit le premier, imité ensuite par tous les lutins qui constituaient l'assemblée, dont les cuisiniers qui s'étaient eux aussi servis. Cependant, au moment de se régaler, Yselia aperçut l'ancien cheminelfe – qu'elle avait reconnu pour avoir vu sa photo dans sa chambre chaque jour depuis près d'un mois – quitter la salle en toute discrétion, le bout d'un sac de poudre de sucre d'orge dépassant de sa poche. Elle ne suspecta rien de grave mais ne mangea pas tout de suite son gâteau et incita ses amis à en faire autant malgré leur réticence quant au fait d'attendre encore pour savourer ce biscuit à l'odeur entêtante.

Bientôt, le père Noël s'assit sur une chaise, l'air fatigué. Il bâilla à s'en décrocher la mâchoire et ses paupières se fermèrent d'elles-mêmes. Les cheminelfes suivirent, et tous les autres aussi. Les discussions joyeuses furent figées, remplacées par de sourds ronflements. La fabrique au complet était plongée dans un profond sommeil.

Yselia échangea un regard alarmé avec ses deux camarades à qui elle avait évité ce sort : de la poudre de sucre d'orge ! Le père Noël et les cheminelfes ne se réveilleraient pas avant demain matin, catastrophe !

« C'est affreux ! s'exclama Avanneq paniquée. Qui va distribuer les cadeaux ?

— Il faut essayer de les réveiller, proposa Qanik en gardant un sang-froid exemplaire.

— Mais comment ?

— Je l'ignore, mais il faut essayer, que faire d'autre ? »

Ils prirent donc la décision de tout tenter pour tirer les elfes et le père Noël de leur torpeur ; la fête serait ruinée sans eux, et que penseraient les millions d'enfants qui se lèveraient sans le moindre cadeau au pied du sapin ? Quelle tristesse ! Plus personne ne croirait en la magie de Noël ! Il fallait à tout prix qu'ils se réveillent !

Yselia proposa de leur faire avaler de l'eau très froide, Avanneq de les chatouiller jusqu'à les arracher de leur sommeil, et Qanik de leur pincer le bras. Pendant plusieurs minutes, ils recoururent à chaque stratagème, mais aucune ne fonctionna et tout le monde continuait de dormir.

Alors qu'Yselia préparait une nouvelle carafe de boisson glacée, Qanik lui intima d'abandonner : il ne restait plus aucune solution. Or, la petite elfe refusait de laisser tomber si vite.

« Pourquoi ? demanda-t-il l'air triste. Que veux-tu faire ?

— À ton avis ? Il faut sauver Noël ! »

Chapitre 3

Yselia arborait une expression détermi-née. Ses deux amis échangèrent un regard circonspect. Comment un seul lutin pouvait-il sauver Noël ? Et Yselia qui plus est : elle ne remplacerait pas un cheminelfe. Un chemi-nelfe, la voilà, la solution ! Elle devait trouver le cheminelfe qui se cachait derrière tout ça et, peut-être, le ramener à la raison.

« Eh bien, lança une voix derrière eux, que se passe-t-il ? »

Tous firent volte-face en sursaut pour découvrir Imaq dans l'embrasure de la large porte de bois. Il observait, étonné, l'assemblée assoupie. Yselia et ses amis lui expliquèrent la situation et lui demandèrent pourquoi il ne s'était pas endormi.

« Moi ? J'avais oublié que c'était le Réveillon au-jourd'hui, expliqua-t-il dans un haussement d'épaules, c'est tout.

— Un jour, c'est ta tête que tu oublieras, remar-qua Ava.

— Sans le moindre doute, confirma Qanik.

— Alors qu'est-ce que vous comptez faire ? s'enquit Imaq

— On a tout essayé, sauf une chose…

— Sauver nous-mêmes Noël, compléta Yselia.

— Le sauver vous-mêmes ? répéta Imaq avec une moue dubitative.

— Il faut retrouver le cheminelfe, il est peut-être encore dans l'atelier : Ava et Qanik, allez vérifier que le traîneau est toujours là. Imaq et moi allons voir dans la chambre de l'ancien cheminelfe. Si nous devons assurer la tournée, nous ne réussirons pas sans l'aide de quelqu'un qui est déjà allé sur le terrain.

— Compris, » acquiescèrent-ils en chœur.

Les elfes s'élancèrent dans le couloir, se séparant peu après en deux groupes. Celui de Qanik et Avanneq gagna le fin fond de l'atelier puis rejoignit la salle d'entraînement des cheminelfes. C'était dans un garage proche de ce gymnase que se trouvait le somptueux traîneau. Les deux lutins, pour avoir déjà assisté à l'envol du père Noël – rituel qui clôturait la cérémonie du Réveillon – savaient où se rendre. Ils contournèrent plusieurs pièces et sillonnèrent de longs corridors avant d'arriver. Ils poussèrent la lourde porte de bois et entrèrent. Décorée comme les autres parties de la fabrique, la salle contenait de hautes étagères sur lesquelles s'entassaient des outils pour réparer l'engin, tous aux couleurs de Noël, depuis les clous sur les bases desquels était dessiné un petit cadeau, jusqu'aux planches vernies et couvertes d'un vermeil éclatant. Au centre trônait le traîneau. Ouf on ne l'avait pas volé !

« Regarde, remarqua toutefois Ava, la clé est insérée dans sa fente et les rennes sont prêts à partir. »

C'était suspect : le père Noël gardait toujours sa clé de sucre d'orge dans son bureau, Yselia le leur avait déjà affirmé, et les rennes étaient attelés par leur maître lui-même juste avant son départ. Quelqu'un avait voulu le conduire mais n'avait pas réussi à le démarrer. Qanik approcha pour découvrir à l'intérieur la liste positionnée à sa place, autour de deux rouleaux qui la faisaient défiler à mesure que se poursuivait la tournée, comme par magie.

« Tout est prêt pour démarrer, je ne vois pas pourquoi celui qui a endormi tout le monde aurait laissé ça là. »

Avanneq opina. En effet, tout avait été apprêté pour l'envol, il ne manquait plus que le père Noël… ou le voleur. Mais pour quelle raison un elfe mettrait-il Noël en péril ? Que dissimulait-il ?

Yselia entra dans la chambre de l'ancien cheminelfe en trombe, dans un vacarme inouï. Elle poussa la porte avec une violence telle que la poignée lui resta dans la main. Elle s'en débarrassa en balayant la pièce du regard. Ses yeux se posèrent sur le lutin allongé sur son lit, le visage caché dans son oreiller. Des sanglots s'élevaient alors que son corps était par moment secoué par ses pleurs.

« C'est toi ! feula Yselia. C'est toi qui les as tous endormis ! »

L'elfe hoqueta de surprise et se retourna soudain. Imaq effectua à cet instant une entrée bien moins grandiose puisqu'il trébucha sur la poignée abandonnée par terre et s'étala sur le sol. Yselia s'excusa et l'aida à se relever avant de reprendre :

« Pourquoi avoir fait ça ? »

Elle se radoucissait peu à peu devant les larmes du lutin, de sorte qu'elle se laisserait presque à son tour aller à pleurer. Les elfes étaient doués d'une compassion exacerbée. À la grande surprise d'Yselia et Imaq, le traître se jeta à leurs pieds en s'excusant et en les implorant de le pardonner et de lui apporter leur soutien.

« Mais qu'as-tu fait ? demanda Imaq. Raconte-nous. »

L'elfe cessa de se lamenter et commença un récit entrecoupé de ses derniers sanglots : il s'appelait Quviasuvvik et était cheminelfe depuis soixante-dix-sept ans. Chaque année, il montait sur le traîneau, et chaque année, il passait devant les maisons des enfants méchants sans s'arrêter. Un beau matin de Noël, alors qu'il cherchait le père Noël, il était entré dans son bureau sans permission et avait découvert sur les écrans de surveillance des visages juvéniles en larmes. Leur tristesse l'avait tant touché qu'il avait décidé que cette fois, tous auraient des cadeaux. Il comptait s'emparer du traîneau et s'occuper lui-même de la distribution pour répartir les paquets entre tous les enfants, sans distinction. Après avoir quitté les cheminelfes et avoir cuisiné ces gâteaux à l'aide d'un de ses amis pâtissiers qui ne se doutait pas de son plan, il ne restait plus qu'à les partager, une fois sûr que tout le monde les aurait mangés. Malheureusement, il n'arrivait pas à démarrer le traîneau et il sentait qu'il avait gâché ces festivités qu'il voulait pourtant merveilleuses et sans une larme.

Yselia, émue par l'attention de ce lutin qu'elle avait cru malfaisant, décida de lui apporter son aide. Stupéfait par ses propos, Imaq recula d'un pas et subit une nouvelle chute. Encore une fois, Yselia le remit sur ses pieds.

« J'ai un plan, » lui assura-t-elle.

Quviasuvvik lui adressa des remerciements pleins de soulagement et de chaleur, lui assurant que si tout se déroulait comme prévu, il garderait une dette à vie envers elle. Elle lui offrit un sourire aussi confiant que compatissant et ordonna aux deux elfes de la suivre jusqu'au traîneau.

En chemin, les deux petits groupes se croisèrent ; Ava et Qanik se joignirent au premier pour retourner d'où ils venaient. Lorsqu'elle entra dans la grande pièce, Yselia bondit dans l'engin et retira la clé de sucre d'orge. Il s'agissait d'une canne minuscule dont le bout était taillé pour former une clé. Elle inspecta la serrure et tenta de l'activer, mais rien à faire. Et si cette clé servait de leurre ? Il devait bien exister une façon de mettre en marche ce traîneau. Tous les elfes supplièrent les rennes, mais les bêtes bramèrent pour signifier leur refus. Ils n'obéissaient qu'au père Noël.

Depuis l'assoupissement de tout le monde, presque une heure s'était écoulée. En temps normal, le père Noël s'apprêtait à partir : ils devaient s'en aller dès maintenant, sinon quoi leur retard leur coûterait cher !

Qanik avait beau réfléchir, rien ne lui venait à l'esprit. Il se repassait toutes les étapes du départ du traîneau depuis que le père Noël y montait jusqu'à son envol…

Son envol… son envol… Mais bien sûr, son envol !

« Installez-vous, vous serez mes cheminelfes, commanda-t-il.

— Comment ça ? l'interrogea Imaq.

— Ce soir, le père Noël, ce sera moi. »

Tous obéirent : Yselia, Avanneq, Imaq et Quviasuvvik prirent un sachet de poudre de sucre d'orge et le rôle qu'il leur avait attribué. L'ancien cheminelfe indiqua où se positionner. Yselia écarquilla les yeux sous l'effet de l'horreur : elle avait oublié que les cheminelfes ne voyageaient pas dans l'engin avec le père Noël, mais sur les côtés, installés sur les patins. Ils se tenaient à une barre de métal emmaillotée de rubans rouges et verts, ce qui leur permettait de descendre plus vite et d'arriver dans les maisons avant le père Noël, la place s'avérant bien trop réduite dans le traîneau.

À cause de la neige, les patins étaient devenus glissants, si bien qu'Yselia peina à monter dessus. Quviasuvvik assura que ce n'était pas compliqué, qu'il suffisait de bien s'accrocher. Yselia se maudit de n'avoir jamais assisté à un seul entraînement des elfes en conditions réelles. Imaq, plus ingénu qu'intrépide, ne comprenait pas tout à fait le danger qui les menaçait et Avanneq, qui pour sa part en était bien trop consciente, serrait la barre aussi fort que possible et prenait de profondes inspirations. Elle pouvait y arriver ! Et puis tous se sentaient excités de se transformer pour une nuit en cheminelfes ! Les cœurs étaient remplis de fierté et palpitaient d'anxiété.

« Prêts ? » lança Qanik.

Les quatre amis approuvèrent. Le petit elfe gonfla ses poumons et, claquant les brides des rennes, il lança un fracassant « oh oh oh, joyeux Noël » à la façon du père Noël. Aussitôt, les animaux magiques se soulevèrent en douceur du sol, provoquant chez chacun des apprentis cheminelfes un frisson d'appréhension. Il suffisait d'être le père Noël pour conduire le traîneau, et les heures passées par Qanik à s'amuser à table lui servaient désormais à sauver les festivités. Yselia affichait un sourire crispé, elle craignait ce qui pouvait lui arriver en même temps qu'elle brûlait de réaliser son rêve. L'étoile aux vœux fonctionnait peut-être, tout compte fait…

Tous les rennes étaient présents : Dasher, Dancer, Prancer, Vixen, Comet, Cupid, Donner, Blixen et, devant eux, pour leur apporter la lumière, Rudolph. Leur poil à tous était brossé à la perfection, et on avait ajouté à leurs bois des guirlandes d'ampoules multicolores qui embraseraient le ciel. Chacun possédait un bramement propre que Quviasuvvik connaissait si bien qu'il les comprit aussitôt : les animaux s'inquiétaient, ils percevaient une tempête de neige tout près. Le traîneau venait à peine de décoller et dans la vallée, la nuit demeurait claire et la lune pleine. Le danger les guettait, devait-il prévenir ses nouveaux amis ? Il se décida à les avertir. L'estomac d'Yselia se tordit à cette alerte, mais lorsque Qanik demanda s'ils voulaient abandonner, elle répliqua avec bravoure :

« Même pas en rêve, on va jusqu'au bout, d'accord ? »

Qanik hocha la tête avec détermination, le visage grave, Avanneq lui répondit d'un clin d'œil et Imaq regardait les nuages. Il n'avait pas écouté ses amis et trouvait le firmament magique, teinté d'un turquin ténébreux qui s'obscurcissait à l'horizon. Ses prunelles étaient fixées sur une étoile, sa lumière à vœux, et il souhaita en silence que tout se passe au mieux pour eux. Au même moment, tous les elfes – sauf Imaq – remarquèrent cet éclat surnaturel que diffusa l'espace d'un instant l'étoile la plus brillante des cieux. Or, le halo disparut si vite que tous se demandèrent s'ils n'avaient pas rêvé.

Plus ils avançaient, plus ils prenaient d'altitude, plus Yselia appréhendait, ne sachant pas si c'était cette peur ou bien le vent toujours plus intense qui lui glaçait ainsi le sang. L'atelier et ses lumières étaient devenus minuscules derrière eux, et on distinguait à peine la vallée. Le blizzard malmenait le traîneau, rudoyait la neige qui tourbillonnait et empêchait les elfes et l'attelage de distinguer leur route. Le souffle gelé bourdonnait dans les oreilles des apprentis cheminelfes comme une affreuse locomotive. Yselia se crispait au point qu'elle sentait des crampes naître dans ses mains. Elle poussa un long soupir qui diffusa une bruine blanche devant elle.

« L'œil de la tempête, je l'ai vu trop tard ! »

Une immense tornade de neige s'élevait plus haut encore que les nuages, et Qanik fonçait droit dessus ! Il saisit tant bien que mal les rênes et les tira vers lui puis sur le côté. Surpris, les rennes se cabrèrent un instant en plein vol avant de virer à droite du cyclone. Malgré tout, les autans impétueux les attiraient à eux, et l'arrière du traîneau était aspiré vers le danger ! On n'y voyait plus rien à un mètre ; la seule chose que savaient les lutins, c'était qu'ils s'approchaient de manière inexorable d'une catastrophe aussi bien pour eux que pour tous les enfants qui les attendaient.

« Qanik ! hurla Ava. Fais quelque chose, je t'en supplie !

— Mais comment ? Les rennes ne sont pas assez puissants ! »

Quviasuvvik eut soudain une idée et cria à Qanik, qui l'entendait à peine, d'appeler un à un les rennes du père Noël.

« Pourquoi ?

— Fais ce que je te dis ! »

Horreur, le bout du traîneau s'apprêtait à franchir le point de non-retour !

Yselia hurla alors que ses doigts s'ouvraient peu à peu et que ses pieds se soulevaient du patin : elle allait être emportée ! Non, ça ne pouvait pas se passer comme ça, ça ne pouvait pas se terminer si vite ! Elle qui rêvait de rejoindre les cheminelfes, cela risquait de lui coûter la vie !

« Je t'en prie Qanik, fais-le ! »

Elle supplia son ami qui s'était retourné et observait le cyclone les avaler peu à peu dans sa bouche glacée. Qanik paniquait : comment pourraient-ils s'en sortir ?

Il obéit sans s'en apercevoir.

« Dancer ! »

Chapitre 4

En entendant son nom prononcé avec la voix du père Noël, la jolie femelle dressa les oreilles. Les guirlandes de ses bois se colorèrent de blanc, elle sembla danser sur les vents de la tempête pour les éviter avec une grâce irréelle.

« Dasher ! »

Le deuxième renne tendit à son tour les oreilles, les lumières de ses bois redoublèrent d'intensité et sa vitesse s'accrut. Le traîneau se stabilisait !

« Prancer ! »

Avec sa force phénoménale, le renne tira tout l'attelage à lui seul et apporta une aide précieuse, ses bois teintés d'un vif halo bleu. Ils s'en sortaient, ils y étaient presque !

« Vixen ! »

La puissante femelle vit ses bois briller de rose et sa force égaler celle de Prancer tandis que sa grâce rivalisait avec celle de Dancer. Yselia observait tous ces braves animaux se démener pour sauver Noël quand tout à coup, ses pieds et sa main gauche glissèrent. Son corps était aspiré par la tornade, elle ne tarderait pas à céder à cette pression considérable !

« Qanik, à l'aide !

— Yselia ! s'exclama Ava, effrayée. Tiens bon !

— Qanik, l'apostropha Quviasuvvik, appelle les autres rennes, vite !

— Comet ! »

Aussitôt, Yselia se sentit plus sereine et ses doigts se resserrèrent autour de leur prise. Une étrange confiance en elle mêlée à une chaleur surnaturelle l'envahissait et lui donnait du courage. Les bois du beau renne éclataient d'un jaune rassurant et ceux de Cupid l'imitèrent lorsque Qanik l'appela. Un doux vert qui rasséréna encore Yselia – qui, quand elle retrouva calme et détermination, ne peina pas à saisir la barre enrubannée – brilla soudain. Elle se sentait toujours attirée par le tourbillon, mais son cœur ne frappait plus sa poitrine et elle éprouvait le sentiment qu'elle se contrôlerait sans mal.

« Donner ! »

Les bois de l'animal se teintèrent d'un orange flamboyant alors qu'il joignait sa force à celle des autres rennes.

« Blitzen ! »

De la femelle, dont les bois étaient devenus violet électrique, sembla émaner une lumière qui indiquait la voie à suivre. Enfin, alors que l'attelage quittait peu à peu le cyclone, Qanik hurla un dernier nom de la voix tonitruante du père Noël :

« Rudolph ! »

Immédiatement, une brume rouge enveloppa le traîneau et chaque renne qui le tirait. Rudolph renfermait la plus grande puissance en lui, l'esprit de Noël et les rêves réunis de tous les enfants ainsi que la force de leurs espoirs, de leur amour et de leur foi. Il ne pouvait être appelé qu'après tous ses compagnons pour déployer sa magie qui décuplait celle de ses camarades. Son nez écarlate brillait de mille feux, plus encore que l'atelier du Pôle Nord ! Tous les elfes, même Quviasuvvik qui l'avait vu plusieurs fois utiliser ses incroyables pouvoirs, s'émerveillèrent. Quelle beauté, quelle féérie !

Le traîneau sortit enfin de la tempête, accompagné d'un concert de bramements et de cris de joie. Noël serait peut-être sauvé, finalement !

Les courageux lutins franchirent les océans et atteignirent la première maison de la longue liste. Quatre enfants y vivaient. Après une courte discussion, il fut décidé que chaque apprenti cheminelfe distribuerait des cadeaux dans une demeure différente, pour accélérer et ne pas accumuler les retards en cette nuit si spéciale. Quviasuvvik leur expliqua donc une dernière fois la marche à suivre et chacun attrapa les paquets souhaités – à part Imaq, qui saisit les mauvais et fut corrigé par Avanneq. Qanik restait pour surveiller le traîneau immobilisé sur le toit de la maison dans laquelle descendrait Yselia.

Celle-ci prit à deux mains son courage ainsi que la dizaine de présents qu'elle rangea dans une hotte magique à sa taille, disposée dans la boîte à gants du traîneau par Quviasuvvik un peu avant leur départ. La petite elfe s'élança sur la toiture, manqua de glisser jusqu'au bas de la demeure à cause du verglas qui le recouvrait, et sauta dans la grande cheminée. Quviasuvvik les avait mis en garde : il fallait toujours vérifier si l'âtre était allumé avant d'y bondir… elle avait oublié, par chance aucun feu ne brûlait – ces habitants avaient pensé au père Noël.

La pièce était plongée dans un parfait silence, mais avant de s'aventurer plus loin, Yselia jeta un coup d'œil à gauche, puis un à droite. Pas âme qui vive. L'endroit était décoré dans les règles de la tradition, et sur la table basse, Yselia remarqua une assiette de biscuits et un verre de lait. Miam, c'était ce qu'elle préférait ! À pas de loups, elle s'approcha et prit un des cookies. Des pépites de chocolat, quelle douce et réconfortante attention ! Ses oreilles frémirent de plaisir !

Son goûter fini, l'apprentie cheminelfe disposa les cadeaux et remplit les chaussettes de petites babioles : boules à neige, sucres d'orge, chocolats, mandarines, figurines, etc. Affûtée par les années qu'elle avait passées à diriger la mise en place de la salle de fête du Réveillon, l'âme artistique d'Yselia faisait des merveilles ! Les chaussettes étaient garnies et attiraient presque plus l'œil que les présents eux-mêmes ! Yselia admirait son travail avec fierté quand soudain…

« Dis, t'es pas le père Noël, toi ? »

L'elfe fit volte-face : une fillette ! Elle ne devait pas avoir plus de quatre ans et, trop concentrée sur son travail, Yselia ne l'avait pas entendue arriver. L'enfant était encore ensommeillée et portait un pyjama bleu ciel. Elle tenait contre son cœur un ours en peluche et observait Yselia avec dans les yeux une lueur d'espoir que le lutin n'avait jamais aperçue avant. La petite lui tendit la main et se présenta. Touchée, Yselia l'imita, oubliant la poudre de sucre d'orge tant elle s'émerveillait de vivre un tel moment.

« Pourquoi tu es si petite ?

— Parce que je suis un elfe, répondit Yselia avec fierté.

— Et pourquoi il est pas là, le père Noël ?

— Il vient juste de repartir par la cheminée et je vais devoir y aller aussi.

— Tu vas distribuer les cadeaux à tous les enfants du monde ? la questionna la fillette avec curiosité.

— Pas à tous : ceux qui sont méchants n'ont pas de cadeaux, alors n'oublie jamais d'être toujours aimable et gentille avec tout le monde, d'accord ?

— Ma sœur dit que Noël, c'est la fête du pardon, de la générosité et de la tolérance.

— Elle a bien raison, sourit Yselia en replaçant sa hotte sur son dos.

— Alors pourquoi est-ce que vous ne pardonnez pas aux enfants qui commettent des erreurs ? »

Yselia ne sut que répondre à cette question épineuse posée avec une telle innocence. C'était vrai, ça : pourquoi le père Noël diffusait-il des valeurs qu'il ne respectait pas lui-même ?

Tous les elfes regagnèrent en même temps le traîneau. Yselia rangeait à sa ceinture son sachet de poudre de sucre d'orge, encore bouleversée par l'interrogation de la petite à qui elle avait laissé son biscuit en forme de flocon de neige. L'attelage repartit vers d'autres horizons, rythmé par les joyeux « oh oh oh » de Qanik, qui avait acquis une grande dextérité pour manier les rênes.

La tournée progressait bien plus vite que prévu, mais Yselia avait changé depuis quelques heures : plus le temps passait, plus elle culpabilisait de n'offrir aucun cadeau à ceux qui, comme le disait la fillette, commettaient des erreurs.

« C'est vrai ça, pensa-t-elle, on fait tous des erreurs : j'ai longtemps été très maladroite, Imaq est une catastrophe ambulante, Quviasuvvik a failli gâcher Noël... mais nous nous efforçons tous de changer et réparer nos erreurs, et nous avons toujours droit à une deuxième chance, alors pourquoi pas eux ? »

Tandis qu'ils survolaient la Mer du Nord en direction de la Norvège, Yselia souffla un mot à l'oreille de ses amis. Le traîneau retourna à toute allure à la fabrique, et Qanik et Avanneq en descendirent en souhaitant bonne chance à leurs compagnons. Les rennes reprirent leur chemin sans difficulté, le périple se poursuivit pour Imaq, Quviasuvvik et Yselia.

Les deux lutins créateurs avaient reçu une nouvelle mission : monter en moins de deux heures le plus de jouets possible pour les enfants inscrits sur la liste des méchants, de sorte qu'à la fin de leur tournée, les apprentis cheminelfes viennent les rechercher et, avec leur aide, distribuent ces cadeaux.

Ils couraient dans le dédale de couloirs de la demeure et atteignirent l'un des ateliers. Tous deux choisirent une table pour s'atteler à leur tâche, cependant bien trop lentement. Avanneq avait beau concevoir des dizaines de jouets en moins de temps qu'il ne fallait pour le dire, ça ne suffirait jamais pour tous ceux qui n'attendaient que leurs paquets !

« Qanik, nous n'y arriverons jamais seuls ! se plaignit-elle.

— Tu as raison, admit-il en réfléchissant. Mais… nous ne sommes pas seuls, loin de là ! »

Il s'élança hors de l'atelier, Avanneq sur ses talons. Qu'est-ce que cela signifiait ? Qui donc leur apporterait de l'aide puisque tous dormaient ? Elle comprit aussitôt qu'elle arriva à sa hauteur, devant la porte sur laquelle la plaquette d'or indiquait « Garderie ». Les enfants, bien sûr ! Avant leurs deux cent cinquante ans, ils n'assistaient pas à la cérémonie du Réveillon, ils ne sommeillaient donc pas dans la salle commune ! Qanik ouvrit, et une ribambelle de petits lutins jusqu'alors allongés dans de minuscules lits le salua avec gaité. Ensemble, ils sauveraient Noël !

Tout s'organisa à la hâte grâce à Qanik et Avanneq : les elfes les plus jeunes peignaient à leur guise les jouets créés par les deux professionnels et leurs nombreux amis. Toutes ces mains habiles s'entraînaient à la garderie, elles maniaient déjà sans problème pinceaux et machines, soutenues par les conseils avisés des deux aînés – à part quelques maladroits qui concevaient des objets bien étranges, mais originaux et qui n'étaient pas dénués d'un certain charme ! Les paquets s'entassaient dans la réserve, et bien vite, l'objectif fut rempli : chaque enfant méchant recevrait cette année un jouet et un seul, mais un jouet unique fabriqué avec tout l'amour, l'entrain et la détermination de ces lutins merveilleux. Il s'agissait là d'un fantastique élan de solidarité, du jamais vu en si peu de temps. Les jeunes elfes découvraient avec bonheur que créer des jouets à offrir s'avérait aussi amusant que les utiliser et, si aucun de ces présents ne possédait de moteur complexe, ils n'en demeuraient pas moins adorables. Tous s'imaginaient déjà accomplir cette tâche plus tard pour réussir, comme ce jour-là, à ravir des millions d'enfants à leur tour. Ce Noël, ils ne l'oublieraient jamais, et Qanik, Avanneq, Imaq, Quviasuvvik et Yselia non plus.

Quand le traîneau revint à l'atelier, Qanik en reprit les rênes et, sous les acclamations des lutins de la garderie, les apprentis cheminelfes s'envolèrent de nouveau pour le Noël le plus altruiste de tous les temps ! Les deux créateurs de jouets avaient expliqué à leurs amis comment ces petits les avaient aidés, et Yselia se réjouissait de cette bonne nouvelle : tout le monde recevrait un cadeau grâce à eux !

La nuit était déjà avancée quand ils distribuèrent ces paquets et, au lever du jour, ils n'avaient pas terminé. Il fallut témoigner d'une grande habileté pour passer inaperçu, car les familles étaient réveillées et, une fois le soleil levé, la poudre de sucre d'orge perdait son effet. Yselia et Quviasuvvik s'infiltrèrent en dernier dans deux cheminées – le moment pour Yselia de réaliser que son rêve touchait à sa fin. Malheureusement, celle dans laquelle Yselia espérait se faufiler était allumée, et elle risquait d'être repérée : elle devait se dépêcher. Son souffle empreint de sa magie éteignit le feu tandis que dans la maison, elle entendait déjà les enfants se réjouir de leurs présents… sauf un qui n'en avait pas reçu. Les cendres qui tourbillonnèrent partout dans la pièce lui permirent de se dissimuler et, dans l'étonnement qu'avait suscité ce bien étrange phénomène, elle déposa devant l'âtre le cadeau peint par un des jeunes elfes les plus gauches. Il s'agissait d'un renne en peluche coloré de bleu, de vert et de rose – le lutin avait fait tomber la fourrure tour à tour dans ces trois pots de peinture, égalant presque Imaq dans sa maladresse.

Elle ressortit et, alors que le traîneau filait en direction de la fabrique, elle entendit l'enfant qui, avant son arrivée, était assis devant le sapin à le fixer avec tristesse. Sa voix résonnait dans la tête d'Yselia comme par magie :

« Maman, regarde ! J'ai reçu un cadeau, c'est mon nom marqué dessus ! Il est pour moi, il est pour moi ! Regarde comme il est beau, mon renne, qu'est-ce qu'il a l'air joyeux avec toutes ces couleurs ! »

Et une image la traversa alors ; elle voyait le petit saisir son jouet et courir vers sa famille. Il sauta dans les bras de sa mère en brandissant son cadeau avec un sourire à la fois triomphant et ému, qui avait bien valu toute la peine qu'ils s'étaient donnée cette nuit-là.

Ce qu'Yselia ne voyait pas en revanche, c'était les millions d'autres sourires, d'autres rires et d'autres cris de joie à travers le monde entier, les millions d'autres enfants dont elle avait sauvé le Noël. Un seul de ces sourires lui avait fait monter les larmes aux yeux, et d'autant plus quand elle avait compris que le garçonnet se moquait bien des couleurs chatoyantes du renne : il était juste heureux que le père Noël ne l'ait pas oublié.

À part pour Imaq qui faillit tomber, le trajet du retour se déroula sans encombre. Le ciel avait retrouvé son bleu azuré et le blizzard s'était apaisé entre temps. Le Pôle Nord approchait, les lutins surveillaient la banquise quand tous se posèrent la même question : qu'allait penser le père Noël ? Seraient-ils grondés ?

« Vous savez, affirma Quviasuvvik, je me disais que… eh bien, quoi que dise le père Noël, j'en prends la responsabilité. Que ce soit au sujet du vol du traîneau ou des cadeaux aux enfants qui ne sont pas sages. »

Ses amis le rassurèrent : pas besoin de s'inquiéter. De toute façon, se faire réprimander ne les tuerait pas.

Grâce au temps dégagé, ils constatèrent bien avant d'arriver que le père Noël et une foule d'elfes les attendaient dans la vallée enneigée. Ils atterrirent dans un silence pesant et se présentèrent penauds devant le père Noël qui espérait, bras croisés et l'air sévère, des explications.

« Je suis désolé, s'étrangla Quviasuvvik d'une voix bouleversée, tout est de ma faute.

— Est-ce que vous vous rendez compte de ce que vous avez fait ? De ce qui aurait pu vous arriver ? leur demanda le père Noël de qui le ton les fit frémir de tristesse.

— Nous sommes désolés, s'excusèrent en chœur les lutins.

— Vous n'êtes pas des cheminelfes, vous auriez pu ne pas survivre à ce voyage, mais qu'est-ce qui vous a pris ? gronda-t-il avant de reprendre. Mais vous avez sauvé Noël et avez redonné le sourire à des enfants qui l'avaient perdu depuis trop d'années. Vous avez toute ma reconnaissance. Et pour vous remercier, demandez ce que vous voulez, vous l'aurez. »

Il tendit aux elfes cinq petites étoiles. Elles réalisaient les vœux. Le père Noël n'en possédait que très peu, les recevoir représentait un véritable honneur ! Quviasuvvik, bien trop gêné à l'idée d'être récompensé, décida de partager son présent et demanda pour tous les lutins, même les plus jeunes, un verre de lait bien chaud, des biscuits, et un bonheur éternel. Imaq, loin d'espérer devenir un peu moins maladroit, souhaita des patins à glace pour s'amuser sur le lac gelé près d'ici – de belles catastrophes s'annonçaient. Avanneq désira que tous les enfants vivent heureux en ce délicieux jour de Noël, et Qanik quant à lui fit le vœu que tous les jouets contiennent un peu de cette magie que seuls les enfants percevaient.

Vint le tour d'Yselia… mais elle baissa les yeux et rendit son cadeau au père Noël :

« J'ai tout ce que je peux souhaiter, je ne veux rien changer. »

Épilogue

Sa décision sidéra toute l'assemblée, à commencer par le père Noël. Il pensait qu'elle aurait souhaité perdre sa maladresse afin de tenter sa chance auprès des cheminelfes.

Tous profitèrent du petit déjeuner pour reprendre leurs esprits. Yselia fut bombardée de questions quant à son choix, mais n'y répondit pas et se contenta de sourire en affirmant qu'elle était heureuse ainsi et qu'elle ne voulait devenir cheminelfe que lorsque son travail acharné aurait payé.

Peu après, les lutins se rendirent à l'atelier pour apprécier la création du premier jouet par Avanneq. Elle s'apprêtait à commencer son ouvrage quand le père Noël, qui assistait toujours à ce moment, l'interrompit :

« Hier, proclama-t-il, nous n'avons pas pu désigner le nouvel apprenti cheminelfe. Pour tout vous dire, j'ignorais qui choisir, mais maintenant, cela m'apparaît comme une évidence. Ainsi, Yselia, voudrais-tu t'entraîner aux côtés de nos cheminelfes ? »

Certaine qu'elle ne serait jamais appelée, la petite elfe ne comprit pas tout de suite ce qui lui arrivait. Qanik l'applaudit, Imaq aussi, et ce fut à cet instant qu'elle réalisa. En contrebas, Avanneq se mit à l'acclamer en lui hurlant ses félicitations. Elle avait fait ses preuves toute la nuit durant, et désormais le père Noël était convaincu qu'elle réussissait à contrôler sa maladresse — jadis bien pire que celle d'Imaq. Yselia en versa des larmes de joie ! Elle alla serrer la main au père Noël avec une fierté qu'elle ne parvenait pas à contenir et fut ovationnée par tous les lutins du pays de Noël. Elle était cheminelfe ! Quel bonheur !

Le temps passa au Pôle Nord. Chaque jour, grâce à un entraînement acharné et une détermination qui ne faiblissait jamais, Yselia gagna à la fois en assurance et en agilité. Elle devint très vite une cheminelfe d'exception et fut année après année appelée au-devant du traîneau, première des cinq cheminelfes de l'attelage à descendre dans les maisons. Elle aimait tout de sa nouvelle tâche : sa chambre plus vaste, la cascade incroyable qu'elle effectuait chaque Réveillon pour atterrir auprès du père Noël sur scène, la liberté qu'elle sentait quand le vent lui caressait le visage lors des vols, etc.

Pourtant, il existait une chose qui se hissait bien au-dessus du lot : chaque année, la distribution commençait par la même maison, celle de la fillette qui avait parlé à Yselia à l'occasion de ce premier Noël. Au Réveillon, Quviasuvvik fabriquait pour elle un biscuit flocon de neige – plus ou moins réussi – qu'Yselia déposait sur la table basse.

Bien plus tard, lorsque la petite eut grandi et atteint l'adolescence, Yselia continuait son rituel. Un soir cependant, quelque chose changea. Le regard de l'elfe fut attiré par une feuille de papier laissée sur un guéridon tout proche. Quand elle découvrit ce qui avait été dessiné par cette fille qui possédait un véritable don pour l'art, les larmes lui montèrent aux yeux : il s'agissait d'un flocon de neige qui rappelait le gâteau. Il occupait toute la feuille, coloré avec soin. Devant ce flocon se tenait un petit elfe qui ressemblait trait pour trait à Yselia et tendait un cadeau. Avec nostalgie, elle se souvint de leur rencontre : si Yselia avait bel et bien sorti sa poudre de sucre d'orge, elle n'en avait cependant pas fait usage.

Le lutin emporta pour l'accrocher dans sa chambre l'œuvre signée d'un « E » aux courbes élégantes et sur laquelle la jeune fille avait tracé dans une calligraphie soignée aux couleurs de Noël ce nom qu'elle seule connaissait.

Yselia.

Yselia
E

Table des matières